Parle-moi, petit chat !

Aide à la mise en couleurs : Mélou
© 2010 Albin Michel Jeunesse – 22, rue Huyghens, 75014 Paris – www.albinmicheljeunesse.com
Loi 49-956 du 16 juillet 1949 sur les publications destinées à la jeunesse
Dépôt légal : premier semestre 2010 – Numéro d'édition : 18676 – ISBN-13 : 978 2 226 19556 2
Imprimé en France par Pollina s.a. - L52500B.

Piccolophilo

Michel Piquemal   Thomas Baas

Parle-moi, petit chat !

ALBIN MICHEL JEUNESSE

Piccolo adore Bergamote, la petite chatte grise de la maison.
Quand il a des soucis ou du chagrin, il lui parle.
Elle a l'air de si bien le comprendre…

Aussi, ce matin, Piccolo décide de lui apprendre à parler.
Il la fixe droit dans les yeux et murmure :
– Répète après moi, Bergamote : JE-SUIS-UN-PE-TIT-CHAT !
– Miaou ! lance Bergamote.

– Non, non ! Écoute bien : MON-NOM-EST-BER-GA-MO-TE !
– Miaou ! Miaou ! répond Bergamote.

– Ce n'est pas ça du tout, lui dit Piccolo. Fais un effort ! Répète :
JE-SUIS-UN-PE-TIT-CHAT ! JE-M'AP-PEL-LE-BER-GA-MO-TE !
– Miaou ! Miaou ! Miaou !

– Papa, Papa ! crie Piccolo. Pourquoi les chats ne parlent pas ?
– Ils parlent à leur façon, dit Papa. Avec leur gorge, ils font différents sons pour dire s'ils sont contents, s'ils ont soif, s'ils ont peur…

... Quand Bergamote a faim et qu'elle veut qu'on lui
donne des croquettes, elle ne fait pas le même « miaou »
que lorsqu'elle a peur.

– C'est vrai, dit Piccolo. Quand elle voit le chien d'à côté… elle siffle entre ses dents et ses poils se hérissent. Alors que lorsque c'est le chat roux de Tonton, elle fait sa belle, l'appelant avec des petits « miaou ».

– C'est sa façon de faire passer ses messages, explique Papa.
– Mais pourquoi elle ne parle pas comme nous, avec plein de mots ?
– Sans doute parce que ni son cerveau ni sa gorge ne lui permettent
de former des mots…

… Elle sait montrer sa tendresse, sa colère, sa faim, son amour,
sa jalousie avec ses cris, ses ronronnements ou ses postures.
Elle se couche, elle s'aplatit ou elle fait le dos rond, elle agite
sa queue… Et tous les autres chats la comprennent. Cela leur suffit.

– Moi, ça ne me suffirait pas, dit Piccolo. Je veux parler, chanter, lire,
je veux apprendre plein de choses. Je veux voyager dans plein de pays.
Je veux compter jusqu'à un million. Je veux devenir pompier,
vétérinaire et construire des ponts.

– Voilà pourquoi tu as besoin d'avoir un langage plus compliqué.
On ne peut pas construire un pont tout seul. Il faut des centaines
de personnes qui font des plans, qui discutent, qui calculent,
qui s'organisent et qui communiquent ensemble… Tu vois
ce que je veux dire ?

– Miaou ! dit Piccolo en hochant la tête.
– Coquin ! Je ne sais pas si ton « miaou » veut dire « oui », « zut »
ou « affreux Papa » ! Et qu'est-ce que tu dirais si je te grondais ?

– Miaou ! rugit Piccolo en dressant ses doigts comme des griffes.

– Et si je te demande ce que tu veux pour Noël, que dis-tu ?
Piccolo se gratte le menton.

– Ah ! là, « miaou » ne te suffit vraiment pas ! dit Papa.
Et me comprends-tu si je te demande : « Miaou miaou miaou
miaou miaou, point d'interrogation » ?
– Miaou non ! répond Piccolo en riant.

– Allez, sauve-toi d'ici, dit Papa, avant que je te miaoute les fesses.
Piccolo part vite vite rejoindre Bergamote. Il la serre dans ses bras
et la couvre de câlins.

– Ma pauvre minette. Tu n'es pas intelligente comme Papa, Maman
et moi… mais je te miaoute bien quand même, tu sais.
– Pffffftttttt! fait Bergamote en sautant de ses bras.

– Papa ! Papa ! crie Piccolo. Bergamote me fait la tête.
Je crois que je l'ai vexée.
– Donne-lui un peu de viande hachée du frigo !
Je suis sûr qu'elle va t'adorer !

Petit grain de sel philo

À l'usage des parents, des enseignants et des éducateurs.

Les enfants nous émerveillent toujours par la rapidité avec laquelle ils apprennent à parler (alors que nous avons tant de mal à assimiler une langue étrangère!). On a même l'impression qu'ils n'apprennent pas – au sens que nous donnons à ce terme –, mais se gonflent, s'imbibent naturellement de «langage», comme une éponge se gorge d'eau. Pas un jour sans qu'ils ne découvrent de nouveaux mots, de nouvelles expressions qu'ils réinvestissent aussitôt... avec un appétit sans bornes.

Inutile donc de parler «bébé» pour se faire entendre d'un petit enfant. Incitons-le, si nécessaire, à demander clairement les choses plutôt que de faire des gestes et des mimiques (dont il risque de se contenter s'il s'aperçoit que nous le comprenons). Le grand écart de vocabulaire que l'on constate souvent entre des enfants d'un même âge vient en partie de cette différence de sollicitations de leur entourage... Il est vrai que cela exige des parents et des enseignants pas mal de patience, mais le jeu en vaut la chandelle.

L'enfant doit se rendre compte que le langage lui ouvre d'innombrables portes. Lui qui a tant besoin de créer des liens avec les autres (avec nous, adultes, mais aussi avec d'autres enfants, camarades de classe, cousins...) doit s'apercevoir que la parole et le langage en sont les clés essentielles.

Le voilà ainsi en route vers des acquisitions à la mesure de son appétit. Car notre langage humain (et c'est justement ce qui fait sa spécificité!) a un caractère illimité. À partir d'un nombre limité d'unités signifiantes, nous pouvons produire une infinité de messages pour exprimer nos pensées, nos désirs, nos doutes, nos questions.

À la différence, ce que l'on appelle «langage animal» est un ensemble limité de signaux produits de manière instinctive. Un animal peut échanger des informations avec un autre (tel le corbeau guetteur qui avertit sa compagnie d'un danger); il peut aussi exprimer des sentiments (peur, joie, tristesse...) par des cris, des mimiques ou des postures. Mais il ne «parle» pas au sens humain du terme, car son langage n'a ni la complexité du nôtre ni son caractère illimité de créations inédites, indispensable pour une communication véritable.

LES JEUX DE PICCOLO

✦ SAIS-TU CE QUE VEULENT DIRE CES GESTES ?

Les sourds et sourds-muets utilisent une langue par gestes qui leur permet de se comprendre sans parler. Peux-tu deviner ce que signifient ces quatre gestes de la langue des signes française ?

a)

b)

c)

d)

Commentaire à l'usage des adultes :

Ce jeu pourra être l'occasion d'expliquer aux enfants que, dans la majorité des cas, ceux qu'on appelle sourds-muets ne sont pas véritablement muets. Ils ont du mal à parler parce qu'ils n'entendent pas les sons, et donc ne peuvent apprendre à les reproduire. L'enfant prendra ainsi conscience *a contrario* de la façon dont lui-même intègre sa langue maternelle, par imprégnation et reproduction.

Jusqu'au XVIIIe siècle, les sourds ont vécu dans un grand isolement social, leur incapacité à communiquer les faisant souvent considérer comme déficients mentaux. Ce n'est qu'à partir des travaux de l'abbé de L'Épée (instituteur bénévole des sourds-muets, 1712-1789) que la codification et l'enseignement d'une langue par signes ouvrira la voie à leur émancipation.

Réponses : a) pleurer b) être amoureux c) voler d) manger.

À TON AVIS, COMBIEN DE LANGUES DIFFÉRENTES EXISTE-T-IL DANS LE MONDE :

10 ? 100 ? 1 000 ? plus de 6 000 ?

en finnois :
päivää

en malgache :
manahoana

en chinois :
你好

en français :
Bonjour

en thaï :
สวัสดีค่ะ

en russe :
Здравствуйте

Réponse : plus de 6 000.

À TON AVIS, PARMI TOUTES CES LANGUES, QUELLES SONT LES TROIS LES PLUS PARLÉES DANS LE MONDE :

l'espagnol – le français – l'anglais – l'allemand – le chinois – l'arabe – l'hindi – le portugais – le russe – le japonais ?

Réponse : dans l'ordre : le chinois, l'arabe et l'hindi. Le français arrive en dixième position !

LA **PHILO** EN **QUESTIONS**

Si tu as un animal à la maison,
est-ce que cela t'arrive de lui parler ?
Que lui racontes-tu : ce que tu as fait à l'école ?
tes soucis, tes chagrins ?
As-tu l'impression qu'il te comprend ?

Imagine que tu ne saches pas parler… et essaie d'inventer des gestes ou des mimiques pour expliquer à tes parents que tu as faim, que tu as sommeil ou que tu veux jouer au ballon.

Quels mots connais-tu dans une autre langue que le français ? En anglais ? En espagnol ? En arabe ? En russe ?...

À ton avis, pourquoi les humains ne parlent-ils pas tous la même langue ?

Lors d'un match de foot, des Grecs peuvent jouer contre des Suédois : comment font-ils pour se comprendre ?

L'ATELIER EN SAVOIR PLUS

✦ SAIS-TU PARLER «CHAT»?

Les savants qui ont étudié le comportement des animaux se sont rendu compte que chaque espèce avait un langage propre.

Le chat ne s'exprime pas que par le miaulement. Comme tous les animaux, il nous «parle» aussi à travers des gestes et des attitudes. Peux-tu le comprendre :

– s'il met sa queue entre ses pattes et rabat ses oreilles en arrière? (C'est qu'il a peur.)
– s'il fait le gros dos, sort ses griffes et que ses poils se hérissent? (C'est qu'il est en colère ou veut impressionner un adversaire.)
– au contraire, s'il dresse sa queue? (C'est qu'il est content de te voir.)
– s'il se frotte contre tes jambes? (C'est qu'il a envie de câlins… Il cligne aussi parfois lentement des yeux pour te dire qu'il est ton ami.)
– s'il se frotte contre un meuble? (Cela signifie qu'il marque son territoire : il est désormais chez lui.)
– s'il ronronne? (C'est qu'il est heureux. Mais attention! il peut aussi ronronner plaintivement s'il a mal quelque part.)
– s'il se met sur le dos et expose son ventre? (C'est qu'il a une grande confiance en toi.)
– s'il court comme un fou dans toute la maison? (C'est qu'il a bien besoin de sortir et de faire de l'exercice!)
– si ses petites moustaches se dressent vers l'avant? (C'est qu'il part en chasse.)
– et s'il te ramène dans ta chambre la proie qu'il a attrapée (oiseau, lézard, souris…)? (C'est qu'il veut te faire un cadeau pour te remercier!)

Un conseil : ne regarde jamais un chat droit dans les yeux. En « langage chat », c'est le signe qu'on veut dominer ou impressionner son adversaire. Cela risque de ne pas lui plaire !

Et chez les autres animaux :
Le chien s'exprime beaucoup avec sa queue. S'il la remue gaiement de droite à gauche, c'est qu'il est content. S'il la ramène entre ses pattes, c'est qu'il a peur (souvent d'un autre chien qui le domine). Si au contraire il la dresse fièrement, c'est qu'il veut impressionner un adversaire.

Lorsque **le singe** sourit et montre ses dents, ce n'est pas parce qu'il est content. Au contraire, cela signifie qu'il a peur et menace celui qui l'approche.

Et si **le cheval** agite sa queue comme un fouet, attention ! c'est signe qu'il va sans doute donner une ruade. Ne reste pas derrière lui !

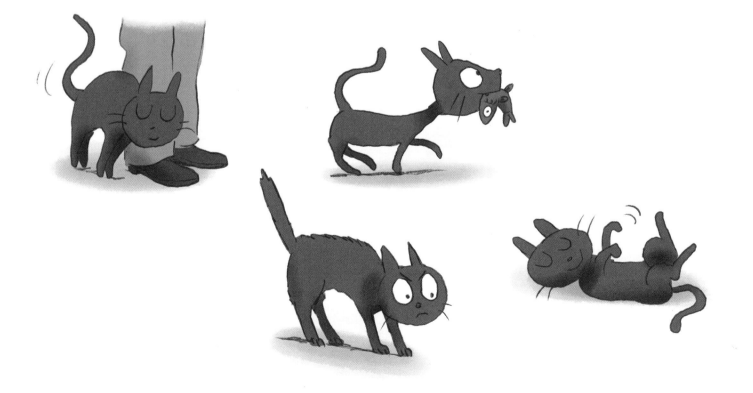